SIANI'N ACHUB Y DYDD

D1321594

Siani'n Achub y Dydd

Anwen Francis

Gomer

I Rhys a Soffia – A.M.F.

Diolch i Toby Jackson, Bridfa Crafton Stud

Cyhoeddwyd yn 2006 gan
Wasg Gomer, Llandysul, Ceredigion SA44 4JL
www.gomer.co.uk

ISBN 1 84323 736 9
ISBN-13 1843237365

Dymuna'r cyhoeddwyr gydnabod cymorth
Adrannau Cyngor Llyfrau Cymru.

Argraffwyd a rhwymwyd yng Nghymru gan
Wasg Gomer, Llandysul, Ceredigion

Pennod 1

'Beca, dihuna!'

Gallai Beca glywed llais ei mam yn galw arni. Rhaid ei bod hi'n amser codi. Ond ble'r oedd hi? Doedd hi ddim yn ei gwely!

'Beca. Edrycha ar y sgrin!'

Wrth gwrs. Sgrin y CCTV! Roedd Beca wedi mynnu aros ar ei thraed drwy'r nos er mwyn gwylio Siani. Roedd hi ar fin geni'r ebol o'r diwedd. Roedd Beca wedi aros ers bron i flwyddyn am ddyfodiad yr un bach, a doedd hi ddim am golli'r foment fawr.

'Ydy'r ebol bron â chael ei eni?' gofynnodd Beca i'w mam.

'Dere i edrych ar y sgrin,' atebodd ei mam. Lluchiodd Beca'r flanced roedd rhywun wedi ei rhoi drosti i'r llawr a rhuthro draw at y teledu.

'Wyt ti'n gallu ei weld e, Beca fach?'

Edrychodd Beca'n ofalus ar y llun ar y sgrin. Gwelodd bod Siani'r Shetland yn plygu'i phen ac yn llyfu ebol bach, bach.

'O! Mam! Ma fe wedi dod!'

Disgleiriai llygaid Beca fel dau ddiemwnt wrth iddi wylio'r ceffylau. Wrth i Siani ei lyfu, cododd yr ebol bach ei ben fel petai'n ceisio deall ble'r oedd e! Daliai Siani i lyfu cot ddu ei mab bach newydd. Yna, dechreuodd ei wthio'n ysgafn gyda'i thrwyn.

'Edrychwch, Mam. Ma Siani'n ceisio'i helpu e i godi.'

Ac yn wir, roedd yr ebol bach yn codi ar ei liniau'n sigledig, ond ar ôl eiliad syrthiodd yn ôl ar y gwellt fel doli glwt. Daliai Beca'i hanadl wrth ei wylio'n rhoi cynnig arall arni. Y tro hwn, llwyddodd i godi ar ei garnau a sefyll yno am rai eiliadau cyn cwympo'n ôl ar y gwellt unwaith eto. Gorweddodd yno wedi blino'n lân. Chwarddodd Beca.

Daliai Siani i lyfu cot ei mab. Yna, rhwbiodd ei ben a dechrau ei wthio am yn ôl fel pe bai hi'n dangos iddo beth ddylai e ei wneud. Ymhen eiliadau roedd yr ebol bach yn sugno llaeth ei fam yn awchus.

Roedd Beca wedi ei rhyfeddu. Doedd dim angen dysgu a hyfforddi anifail beth i'w wneud. Roedd natur yn gofalu am hynny.

'Dwi'n mynd draw i'r stabal, Mam.'

'Iawn, Beca. Ond paid â chadw gormod o sŵn. Dyw'r ebol bach ddim yn gyfarwydd â'r byd mawr yma eto, cofia.'
Rhedodd Beca ar draws y clos at y stabl.

♘

'Helô Siani, y gaseg fach glyfar! Helô ebol bach! Croeso i'r byd,' sibrydodd wrth edrych dros ddrws y stabl ar y ddau geffyl. 'Beca ydw i. Fi fydd yn edrych ar dy ôl di fan hyn ar fferm Parc yr Ebol – mae'n enw addas iawn heddiw, o'nd yw e?'

Trodd yr ebol ei ben a syllu ar Beca â'i

lygaid mawr, duon. Roedd Beca'n siŵr ei fod e wedi deall pob gair roedd hi wedi'i ddweud!

Daeth Rhys, brawd Beca, i ymuno â hi.

'Ma fe wedi dod o'r diwedd!' meddai Rhys.

'Ydy. Ond welais i mohono fe'n cael ei eni, chwaith. Fe gwympais i gysgu ar y gadair yn y gegin.'

'Paid â phoeni. Doedd neb wedi ei weld e'n cael ei eni, meddai Mam. Roedd Dad yn godro ac roedd hi wedi mynd allan i nôl llaeth ar gyfer brecwast. Pan ddaeth hi'n ôl i'r tŷ roedd yr ebol bach wedi cyrraedd heb i neb ei weld!'

Gwenodd Beca. 'Rwyt ti'n Sionyn bach clyfar, yn dwyt ti!' meddai wrth yr ebol.

'Sionyn?' holodd ei brawd. 'Ai dyna beth wyt ti'n mynd i'w alw e?'

'Ie. Dwi'n meddwl ei fod e'n edrych fel Sionyn bach. Dwi wedi bod yn meddwl a meddwl am enw addas ers wythnosau. Bues i'n meddwl am ddewis enw o'r Alban gan mai ar ynys fechan Shetland mae ei

gyndeidiau'n byw. Wedyn meddyliais i am
ei alw fe'n Biwti fel *Black Beauty*, ond yn
y diwedd penderfynais y byddai'n well
iddo fe gael enw Cymraeg gan ein bod ni'n

byw yng Nghymru. A dywedodd Mam y dylai ei enw ddechrau gydag S fel ei fam.'

'Er mwyn i bawb wybod eu bod nhw'n perthyn, ife?' gofynnodd Rhys pan gafodd gyfle i roi ei big i mewn.

'Ie. Felly mae gen i restr yn fy llofft o'r holl enwau bechgyn a merched sy'n dechrau gydag "S" – Siwsi, Sara, Swyn, Samantha . . .'

'Ie, iawn,' torrodd Rhys ar ei thraws.

'Sori,' ymddiheurodd Beca. 'Ond Sionyn yw'r unig enw bachgen rydw i wedi medru meddwl amdano ers i mi weld yr ebol bach.'

'Sionyn amdani, felly?'

'Ie,' cytunodd Beca. 'Siani a Sionyn – ceffylau gorau'r byd.'

Pennod 2

'Wel, wel, 'na beth yw ebol bach pert,'
dywedodd Mr Lewis gan ymuno â Beca a
Rhys ac edrych dros ddrws y stabl. Aeth
Mr Lewis i mewn at Siani i'w hanwesu.
Cododd Sionyn ar ei garnau wrth i'r dyn
dieithr gerdded tuag at ei fam ac yntau.
Ceisiodd Mr Lewis gyffwrdd ag ef hefyd,
ond un bach swil oedd Sionyn a chamodd
am yn ôl yn amheus.

'Dad, gadewch i fi ddangos i chi sut
mae trin yr ebol,' dywedodd Beca'n
awdurdodol.

Roedd hi wedi bod yn darllen llyfrau am
ebolion a chesig magu ers iddi sylweddoli
bod Siani'n disgwyl ebol. Roedd Beca
wedi treulio oriau'n edrych yn ofalus ar y

lluniau a cheisio dysgu'r cyfarwyddiadau syml am sut i drin a thrafod ebolion. O'r diwedd, dyma hi'n cael cyfle i wneud yr hyn roedd y llyfrau'n ei ddweud.

Cerddodd Beca draw at Sionyn. Gwyliodd Siani hi'n ofalus. Er ei bod hi'n adnabod Beca yn dda, roedd hi am wneud yn siŵr nad oedd dim byd drwg yn digwydd i'w hebol bach.

'Dere di, dere 'ma Sionyn bach. Sdim eisiau i ti fod ag ofn,' sibrydodd Beca gan ymestyn ei llaw yn araf at fwsel bach, blewog Sionyn. Syllodd hwnnw arni'n graff ac yn ansicr. Yna cododd ar ei garnau. Daliodd Rhys a'i dad eu hanadl wrth i Beca ddal i siarad yn dawel â'r ebol bach. Oedd Sionyn yn mynd i adael i Beca gyffwrdd ag e? Yna'n sydyn, ciciodd ei goesau ôl i'r awyr cyn hanner cerdded, hanner hercian i guddio y tu ôl i'w fam.

'Dal ati, Beca fach. Fe gefaist ti well hwyl arni na fi, beth bynnag!' chwarddodd Mr Lewis. 'Mae hwn yn real Sionyn – yn llawn drygioni, fel pob anifail bach!'

meddai gan ddechrau pwnio a goglais Rhys yn chwareus. Roedd Beca braidd yn siomedig nad oedd Sionyn wedi gadael iddi ei gyffwrdd, ond roedd hi'n deall bod angen amser ar yr ebol i ddod yn gyfarwydd â hi.

'Pwyll piau hi,' oedd cyngor ei mam pan adroddodd yr hanes wrthi. 'Rhaid i ti ddal ati a bod yn amyneddgar.'

Pennod 3

'Rhys, wyt ti eisiau dod gyda fi i'r dre?' gofynnodd ei dad iddo amser brecwast y bore wedyn. 'Mae angen mwy o gnau defaid arnon ni.'

Fel arfer, byddai Rhys wrth ei fodd yn mynd gyda'i dad yn gwmni, ond heddiw, gwrthododd y cynnig. 'Dwi'n mynd i aros yma rhag ofn y bydd angen help ar Beca,' esboniodd yn swil.

Teimlodd Beca'n gynnes braf wrth glywed ei brawd mawr yn dweud hyn. Pan ddaeth Siani i Barc yr Ebol i ddechrau, roedd Rhys yn teimlo'n eiddigeddus o'r sylw roedd Beca a'r gaseg fach yn ei gael. Y flwyddyn cynt roedd e wedi anafu'i goes yn ddrwg ar ôl syrthio oddi ar Aneurin yr asyn wrth geisio ennill ras yn erbyn Siani a Beca ar y traeth ger eu cartref. Ond ers y Nadolig roedd e wedi sylweddoli pa mor ffôl roedd e wedi bod. Fe roddodd anrheg arbennig i Beca – cadwyn gyda phedol a'r llythyren 'B' arni – i ddangos bod yn flin ganddo ei fod wedi bod yn gas wrthi hi. Roedd Beca'n gwisgo'r gadwyn bob dydd, ac o hynny ymlaen roedd Rhys wedi gwneud ei orau i edrych ar ôl ei chwaer fach.

'Diolch, Rhys,' meddai Beca. 'Bydd dwywaith y gwaith i'w wneud nawr. Bydd raid bwydo a charthu a brwsio *dau* geffyl o hyn ymlaen. A bydd angen rhywun i arwain Sionyn pan fyddwn ni'n mynd ag e i'r sioeau.'

'Dim problem,' meddai Rhys. 'Ond paid â disgwyl i fi ei farchogaeth e! Byddai 'mhennau gliniau i'n llusgo ar y llawr os bydden i'n mynd ar ei gefn e!'

'O Rhys! Dwyt ti ddim yn gall!' chwarddodd Beca wrth ddychmygu'r olygfa. 'Dere. Rhaid i ni fynd â Siani a Sionyn allan i'r cae am y tro cyntaf.'

Aeth Beca a Rhys draw i'r stabl. Roedd Beca'n bwriadu mynd â Siani a Sionyn i sioe Castellnewydd Emlyn, fyddai'n cael ei chynnal ymhen ychydig wythnosau. Doedd dim amser i'w wastraffu, felly. Rhaid oedd bwrw ati i hyfforddi Sionyn bach ar unwaith.

'Helô Siani,' sibrydodd Beca'n dawel. 'Wyt ti'n gaseg dda heddiw?'

Gweryrodd Siani a cherdded draw at Beca. Cododd Sionyn ar ei draed ar y cynnig cyntaf, wrth i'w fam symud oddi wrtho, a safodd ar ei garnau'n urddasol. Ymestynnodd ei goesau, ac yna'i wddf. Roedd e wedi cryfhau tipyn erbyn hyn. Gallai Beca weld ei fod e'n ebol da gyda digon o asgwrn, pen bach pert a llygaid mawr.

Aeth Beca i mewn i'r stabl at y ceffylau, gan gerdded yn dawel a gofalus. Mwythodd ei llaw dros got felfedaidd Siani am ychydig, yna trodd ei sylw at yr ebol bach. Roedd Beca'n gobeithio y byddai Sionyn wedi gweld bod Siani'n mwynhau cael ei mwytho ganddi ac y byddai yntau'n fodlon iddi wneud yr un peth iddo fe.

'Dere 'mlaen, Sionyn. 'Na fachgen da.'

Plygodd Beca ar ei chwrcwd fel ei bod ar yr un lefel â'r ebol. Ymestynnodd Sionyn ei wddf tuag at ei llaw a gadael i Beca gyffwrdd yn ei fwsel blewog yn dyner. Yna, mwythodd Beca'i frest a'i goesau. Roedd Sionyn yn mwynhau'r sylw. Ond wrth i Beca symud ei llaw am ei gefn, tasgodd fel tarw gwyllt a charlamu i guddio y tu ôl i'w fam. Neidiodd Beca mewn braw hefyd a syrthiodd ar ei phen-ôl i ganol y gwellt! Chwarddodd Rhys ar ben ei chwaer yn gorwedd yn fflat ar ei chefn.

'Ha ha! Da iawn, Beca. Efallai mai syrcas ac nid sioe fyddai fwyaf addas ar dy gyfer di a Sionyn!'

Edrychodd Beca ar ei brawd yn flin. 'Dim ond dechrau ei ddysgu e ydw i. Pwyll piau hi, Rhys Lewis!'

Cododd Beca gan ysgwyd y gwellt i ffwrdd oddi ar ei dillad. Roedd hi'n benderfynol o ennill ymddiriedaeth Sionyn, yn enwedig ar ôl i Rhys wneud sbort am ei phen. Yn dawel iawn, cerddodd Beca o amgylch Siani er mwyn ceisio cyffwrdd yr ebol eto, ond dechreuodd Sionyn garlamu rownd a rownd ei fam fel rhywbeth dwl!

'Wel Sionyn, rwyt ti'n ebol bach doniol, y sili bili gwirion!'

'Mae e'n dipyn o gymeriad, on'd yw e? Mae e'n debyg iawn i Siani pan ddaeth hi yma gyntaf,' meddai Mrs Lewis wrth iddi ymuno â'r plant. 'Wyt ti'n cofio'r adeg wnaeth hi dy daflu di oddi ar ei chefn a charlamu o amgylch y clos?' gofynnodd Mrs Lewis i Beca gan wenu'n llydan.

'Ydw,' meddai Beca gan ddod draw at ddrws y stabl.

'Ac yna fe aeth hi i mewn i ardd Mrs Hwmffra a bwyta'i moron hi i gyd,' ychwanegodd Rhys.

'Rwy'n siŵr bod hyfforddi Sionyn yn mynd i fod yn waith caled hefyd! Nawr te, mae'n bryd iddyn nhw gael awyr iach. Fe wna i dy helpu di i roi'r penwas yma am Sionyn, wedyn fe gewch chi fynd â'r ceffylau i'r Cae Cefn am ychydig.'

Doedd gosod penwas am yr ebol am y tro cyntaf ddim yn rhwydd, ond wrth ddal i siarad yn dawel ag e, fe lwyddodd Beca a'i mam i roi'r penwas bach, bach amdano o'r diwedd. Siglai Sionyn ei ben yn afreolus ac anadlu'n drwm. Teimlai'r penwas yn rhyfedd a dieithr iddo. Ceisiodd Sionyn ddefnyddio'i garnau blaen i dynnu'r penwas oddi ar ei drwyn, yna rhwtiodd ei ben a'i gorff yn erbyn wal y stabl. Ond doedd dim yn tycio, ac ymhen ychydig roedd wedi dod yn gyfarwydd â'r teclyn oedd am ei ben.

Wedi i Sionyn ddistewi, dechreuodd Beca frwsio'i fwng i'r ochr dde. Roedd angen hyfforddi'r mwng i orwedd ar yr ochr gywir ar gyfer arddangos yn yr arena. Yna, ar ôl i Beca a Rhys garthu'r stabl, llenwi'r rhwyd wair a rhoi dŵr glân yn y bwced, roedd hi'n amser i'r fam a'r mab bach fynd i'w cae. Tynnodd Beca'r penwas oddi amdano a siglodd Sionyn ei ben mewn rhyddhad.

Agorodd Rhys ddrws y stabl led y pen. Edrychodd Sionyn mewn syndod wrth i'r golau llachar lenwi'r stabal. Doedd e erioed wedi gweld golau'r haul na theimlo'i wres o'r blaen. Roedd popeth o'i amgylch yn newydd sbon. Cerddodd Siani allan o'r stabl gyda Beca, yn amlwg yn gwbl gyfarwydd â'r drefn. Ond doedd Sionyn ddim yn symud. Felly gosododd Rhys un fraich o dan ei gynffon a'i goesau ôl a'i wthio 'mlaen yn ofalus. Ond roedd Sionyn yn gwrthod symud. Arhosai yn yr unfan fel petai ei garnau wedi'u gludo i'r llawr.

'Fe fydd yn rhaid i ti ddod â Siani'n ôl fan hyn dwi'n meddwl, Beca,' meddai Rhys gan mwytho gwddf Sionyn yn dyner.

Dychwelodd Beca a Siani i'r stabl. Gweryrodd Siani at Sionyn a gweryrodd Sionyn ar ei fam. Yna trodd Siani i wynebu'r drws.

'Wyt ti'n meddwl eu bod nhw'n siarad gyda'i gilydd?' gofynnodd Rhys mewn rhyfeddod.

Gyda hynny, symudodd Sionyn yn agos at ei fam. Wrth i Siani ddechrau cerdded allan i'r awyr agored unwaith eto, dechreuodd Sionyn ei dilyn yn betrusgar. Pan gyrhaeddodd y clos, edrychodd Sionyn o'i gwmpas yn syn a snwffio'r awyr. Anadlai'n gyflym. Syllodd ar y gwartheg yn y sied agored ac i gyfeiriad y tŷ.

Cerddodd y pedwar i'r cae bychan ger y berllan. Dechreuodd Sionyn drotian yn ei flaen yn hyderus, ond doedd e byth yn crwydro ymhell o ochr ei fam. Ymhen rhai wythnosau fe fyddai'n carlamu ymhell oddi wrthi, ond am y tro roedden nhw fel un.

Agorodd Beca'r glwyd a cherdded i mewn i'r cae. Dilynodd Siani a throtiodd Sionyn y tu ôl i'w fam, yn hapus ei fyd – byd newydd oedd yn llawn addewid a chyffro.

Pennod 4

'Helô cariadons!' bloeddiodd Beca ar draws y cae fel y byddai ei mam yn arfer ei wneud.

Roedd Sionyn yn gorwedd ar ei hyd yng nghanol y glaswellt a'r meillion. Cododd ei ben pan glywodd Beca'n ei gyfarch ef a'i fam, yna safodd ar ei garnau du gan ymestyn ei gorff yn gyntaf, yna ei ddwy goes ôl, un ar y tro. Cerddodd Sionyn draw at Beca. Roedd e'n hoff iawn o'i feistres erbyn hyn ac ymestynnodd ei wddf er mwyn ceisio llyfu a chnoi dwylo Beca'n chwareus.

'Sionyn bach, ti'n werth y byd. Bydd pawb yn dwlu arnat ti yn y sioeau, gei di weld,' meddai Beca'n dyner.

Roedd Sionyn yn chwech wythnos oed erbyn hyn, ac roedd Beca wedi bod yn brysur iawn yn ei hyfforddi ar gyfer y sioeau. Byddai'n rhaid iddo gerdded yn ufudd wrth i Rhys ei arwain. Doedd dysgu'r ebol bach ddim yn waith hawdd. Roedd Sionyn yn gallu bod yn llond llaw ar adegau, yn styfnigo ac yn codi ar ei garnau ôl pan fyddai Beca neu Rhys yn ceisio'i arwain.

'Edrych beth sy 'da fi fan hyn i ti. Polo mints! Ma dy fam yn dwlu ar y rhain. Peth od nad yw hi wedi synhwyro eu bod nhw yn fy mhoced i ac wedi carlamu draw 'ma ar unwaith.' Gwaeddodd Beca ar Siani i ddod ati. 'Dere 'ma, Siani! C'mon, Siani!'

Ond doedd Siani ddim am ddod at Beca. Safai ym mhen pella'r cae a'i phen yn isel. Aeth Beca draw ati a dilynodd Sionyn wrth ei sodlau'n dynn gan afael yn ei siwmper â'i geg.

'Helô, Siani. Wyt ti'n ocê?' holodd Beca gan esmwytho'i thalcen.

Edrychai Siani'n ddiflas iawn – roedd ei

chlustiau'n pwyntio am yn ôl a'i llygaid yn ddifywyd. Sylwodd Beca bod y rhwyd wair wrth y glwyd yn eithaf llawn a'r bwyd – yn y bwced oedd wedi'i glymu i'r glwyd allan o gyrraedd Sionyn – heb ei gyffwrdd. Doedd hi ddim wedi bwyta rhyw lawer dros nos, ac roedd hynny'n anarferol iawn i Siani a hithau mor hoff o'i bola.

'Siani fach. Beth sy'n bod? Sdim isie bwyd arnat ti? Well i fi fynd i nôl Mam, dwi'n credu. Bydd hi'n gwybod beth i'w wneud.'

Aeth Beca i'r tŷ i ofyn cyngor ei mam am y gaseg fach. Fe ddaeth Mrs Lewis allan i'r cae i weld Siani.

'Wel Siani fach, beth sy'n bod?' holodd Mrs Lewis. 'Ydy hi wedi bod yn bwyta'i chnau ceffylau yn ystod yr wythnos?' gofynnodd i Beca.

'Ydy dwi'n meddwl, ond efallai bod mwy nag arfer wedi bod ar y llawr hefyd,' esboniodd Beca.

'Mmm. Dwi'n gweld. Tybed ai ei

dannedd hi yw'r broblem?' pendronodd Mrs Lewis. 'Gad i fi weld dy ddannedd di, Miss Siani,' dywedodd Mrs Lewis gan geisio agor ceg y gaseg yn ofalus. Doedd Siani ddim yn rhy hapus, ond fe adawodd i Mrs Lewis edrych yn ei cheg. Gwyddai na fyddai Mrs Lewis byth yn rhoi loes iddi.

'Www . . . Dwi'n gallu gweld bod 'na ryw gochni o amgylch y dannedd gwaelod ar yr ochr chwith, druan. Gwell galw'r deintydd. Fe fydd hi'n gallu bwyta'n well ar ôl i'w dannedd gael eu trin.'

'O, druan â hi. Doedd dim posib iddi ddweud beth oedd y broblem,' dywedodd Beca gan afael am wddf Siani a rhoi cusan dyner iddi ar ei thrwyn.

'Mam! Mam! Ble wyt ti?' bloeddiodd Rhys o'r clos.

'Dwi yn y cae gyda Beca a'r ceffylau,' bloeddiodd Mrs Lewis yn ôl.

Daeth Rhys draw i'r cae.

'Oes rhywbeth yn bod? Ydy Siani'n sâl?' holodd wrth weld ei chwaer a'i fam yn edrych yn ofidus ar y gaseg fach ddu.

'Mae ei dannedd yn brifo ac mae Mam yn mynd i alw'r deintydd,' atebodd Beca.

'Deintydd?' holodd Rhys gan godi'i aeliau. 'Beth? Mae Mr Ifans yn mynd i ddod yma i'r fferm i drin Siani?' ychwanegodd.

Chwarddodd Beca.

'Nac ydy, y ffŵl gwirion. Dyw Mr Ifans ein deintydd *ni* ddim yn trin dannedd ceffylau. Mae gan geffylau ddeintydd arbennig,' esboniodd Beca gan chwerthin am ei ben.

Chwarddodd Rhys hefyd a gwridodd mewn embaras. 'Reit. Wel, dwi'n meddwl yr af i am dro rownd y caeau ar y beic modur,' meddai. 'Iawn, Mam?'

Ac i ffwrdd ag e ar ras.

Pennod 5

'Agor dy geg nawr, Siani,' dywedodd Pedr yn garedig. 'Dere 'mlaen nawr.'

Ond gwrthododd Siani. Lluchiai ei phen i'r awyr, i'r chwith, i'r dde ac yna i'r llawr yn y gobaith y byddai'n gallu torri'n rhydd o law'r deintydd.

'Dere di,' dywedodd Pedr gan esmwytho'i gwddf. 'Dw innau'n casáu mynd at y deintydd hefyd, ond mae'n rhaid i ti fod yn gaseg ddewr,' esboniodd wrth Siani.

Deintydd ceffylau oedd Pedr ap Rhydderch. Roedd e wedi cael ei hyfforddi'n arbennig i drin dannedd ceffylau, ac fe fyddai'n teithio ar hyd a lled Cymru yn ymweld â stablau rasio, ceffylau neidio a phonis fel Siani. Roedd e wedi bod ym Mharc yr Ebol ychydig flynyddoedd ynghynt yn trin rhai o geffylau hela Mr Lewis.

Ond er bod Pedr yn ddyn caredig tu hwnt ac yn amyneddgar iawn, doedd Siani ddim yn fodlon agor ei cheg er mwyn iddo gael gweld ei dannedd. Aeth Mrs Lewis at Siani er mwyn ceisio helpu. Gafaelodd ym mhenwas y gaseg a sibrwd cyfrinachau yn ei chlust.

'Mae'n anodd credu bod caseg mor fach â hon yn gallu creu cymaint o ffwdan!' chwarddodd Pedr. 'Mae'n haws trin dannedd ceffyl gwedd na rhai Shetland!' ychwanegodd gan wincio ar Beca.

O'r diwedd, gyda Pedr yn dal ei phen a Mrs Lewis yn dal y penwas yn dynn, fe lwyddodd Pedr i osod penwas arall am ben Siani. Roedd hwn yn benwas arbennig gyda theclyn arno oedd yn cael ei osod yng ngheg y gaseg. Byddai'r teclyn cryf yma'n ei gwneud yn amhosib i Siani gau ei cheg a chnoi bysedd y deintydd tra byddai'n ei thrin!

O'r diwedd, gallai Pedr edrych i mewn i geg y gaseg. Roedd belt arbennig gyda golau arno o gwmpas ei ben er mwyn iddo fedru gweld y tu mewn i'w cheg yn well. Cyffyrddodd â'i dannedd un ar y tro. Fflachiai llygaid Siani wrth iddo wneud hyn a stampiai ei charn ar y llawr yn galed.

'Ydy'r teclyn 'na'n gwneud dolur iddi?' holodd Beca'n ofidus.

'Nac ydy. Dyw'r teclyn yma ddim yn achosi unrhyw niwed iddi. Mae e braidd yn anghyfforddus, efallai, ond dyw e ddim yn boenus o gwbl,' esboniodd y deintydd.

Tynnodd Pedr dameidiau o hen borfa a darnau o hen fwyd o geg Siani, yna dywedodd, 'Dwi'n gallu teimlo dant siarp yn y cefn. Dwi'n meddwl ei fod e wedi bod yn taro yn erbyn top ceg Siani ers amser achos mae ganddi doriad yno erbyn hyn. Mae angen rhathu'r dant er mwyn ei wneud e'n llyfn fel bod y toriad ddim yn gwaethygu a throi'n heintus,' dywedodd Pedr a mynd i'w fag i nôl teclyn i'w thrin.

'Beth yw rhathu?' holodd Beca'n ofidus. Doedd y gair ddim yn swnio'n neis iawn.

'Paid â phoeni, Beca fach. Dwi'n mynd i ddefnyddio'r teclyn yma i rwtio'r dant yn ôl ac ymlaen a'i wneud yn llyfn,' esboniodd Pedr.

Rhathodd ddannedd y gaseg yn gyflym, yn ôl ac ymlaen, yn ôl ac ymlaen fel eu bod yn llyfn ac yn esmwyth pan fyddai Siani'n bwyta. Er gwaetha'r ffaith bod

Pedr yn ei helpu i deimlo'n well, roedd Siani'n aflonydd iawn. Chwifiai ei chynffon yn gyflym, a symudodd yn ôl nes bod wal y stabl yn dynn y tu ôl iddi. Gan na allai fynd ymhellach, cododd ar ei charnau ôl â'i llygaid yn fflachio. Edrychai fel caseg wedi'i chynhyrfu mewn ffilm gowboi.

'Nawr, Siani. Paid â bod yn ddwl,' meddai Beca yn gadarn.

'Dere di, Siani fach, dwi bron â gorffen,' dywedodd Pedr yn dyner.

Ond symudai Siani ei phen yn fyrbwyll. Cododd ei choesau blaen i'r awyr eto ac eto ac yna neidiodd ymlaen. Gollyngodd Mrs Lewis y rhaff a dihangodd Siani i ben draw'r stabl. Edrychodd ar y tri yn syllu arni gan anadlu'n drwm.

'Wel, Miss Siani, rwyt ti'n gaseg fach ddrwg heddiw,' dywedodd Beca. Cerddodd draw ati a rhwtio'i gwddf. 'Dere di, dere di. Fe fyddi di'n iawn, gei di weld. Mae Pedr bron â gorffen ac fe fydd dy ddannedd di fel newydd wedyn. Fe gei di lond bola o fwyd a rhywbeth bach arbennig am fod yn gaseg mor ddewr.'

Tawelai Siani wrth i Beca siarad â hi a bodlonodd iddi afael yn ei phenwas a'i harwain 'nôl at Pedr. Doedd Pedr ddim yn gallu credu'r ffordd roedd Beca wedi llwyddo i dawelu Siani.

'Rwyt ti a Siani'n deall eich gilydd i'r dim, rwy'n gweld,' meddai, cyn ail-ddechrau rhathu. 'Dere di, Siani fach, fe fyddi di'n gallu bwyta'n well o lawer o hyn ymlaen,' dywedodd wrthi'n garedig.

Gorffennodd Pedr rathu'r dant. 'Fe wna i alw i weld Siani eto'n fuan i wneud yn siŵr ei bod hi'n gwella'n iawn,' meddai wrth dynnu'r penwas arbennig. 'Os oes unrhyw broblem, rhowch alwad. Hwyl i ti, Siani. Edrycha ar ôl dy hun.'

Pennod 6

Roedd hi'n brynhawn Sadwrn eithaf diflas ym Mharc yr Ebol. Doedd y tywydd ddim wedi bod yn braf ers diwrnodau a Beca heb gael fawr o gyfle i hyfforddi Sionyn. Heddiw roedd Beca wedi mynd i siopa gyda'i mam. Roedd angen penwas newydd ar Sionyn, a siampŵ ar gyfer paratoi'r ceffylau ar gyfer y sioeau. Roedd Ifan wedi dod draw i gadw cwmni i Rhys ac roedd Mr Lewis yn brysur yn paratoi set llwyfan ar gyfer cystadleuaeth ddrama'r Clybiau Ffermwyr Ifanc.

Roedd Mr Lewis yn arfer bod yn aelod o Glwb Ffermwyr Ifanc Penparc, ac er ei fod e wedi mynd yn rhy hen i gystadlu bellach, roedd e'n dal i helpu bob hyn a hyn.

Heddiw roedd e'n brysur yn paentio golygfa coedwig dywyll ar ddarn mawr o bren. Roedd e wedi gobeithio cael help Rhys ac Ifan, ond doedd dim sôn wedi bod amdanyn nhw drwy'r prynhawn.

Gorau i gyd falle, meddyliodd Mr Lewis. Mae'n siŵr y byddai mwy o baent ar y llawr nag ar y set gyda'r ddau yna wrthi!

Penderfynodd Mr Lewis y byddai'n torri'r darnau mawr o bren i'r maint cywir cyn mynd i'r tŷ i gael te. Byddai'n rhaid iddo ddefnyddio'r llif drydan ar gyfer y gwaith, felly gwisgodd fyfflau dros ei glustiau a sbectol arbennig er mwyn atal gwreichion rhag tasgu i'w lygaid. Yna aeth ati i lifio'r pren. Tra oedd yn gwneud hynny, daeth Rhys ac Ifan i'r sgubor yn cario cylchgronau, creision, caniau o *coke* a *Gameboy*.

'Helô, Dad,' gwaeddodd Rhys. Ond ni allai Mr Lewis ei glywed dros sŵn y llif.

Pwyntiodd Rhys at yr ysgol ym mhen pella'r sgubor, a nodiodd Ifan. Dringodd y bechgyn i'r llofft gyda'u trugareddau.

Dyna ni, bydd rhaid i fi ei gadael hi am nawr, meddai Mr Lewis wrtho'i hunan gan ddiffodd y llif a'i gosod ar y llawr wrth ymyl y set. Wrth adael y sgubor sylwodd bod llwch o'r clos yn chwythu i mewn i'r adeilad. Gan nad oedd e eisiau i'r llwch ludo wrth y paent gwlyb, penderfynodd gau drws y sgubor yn dynn. Ond roedd y gwynt yn mynnu agor y drws o hyd, felly defnyddiodd Mr Lewis y clo clap er mwyn gwneud yn siŵr ei fod yn aros ar gau. Ar ôl cloi'r drws, rhoddodd yr allwedd yn ei boced.

Dishgled fach o de cyn godro nawr, rwy'n meddwl, meddai wrth ei hunan. Ac i ffwrdd ag e i'r tŷ.

'Mae'r gêm newydd 'ma'n grêt, Rhys!' meddai Ifan. Roedd wrth ei fodd yn chwarae gyda'r *Gameboy*.

'Ydy. Pa lefel wyt ti nawr?' gofynnodd Rhys.

'Lefel 4. Ond heddiw yw'r tro cyntaf i fi ei chwarae, cofia,' atebodd Ifan.

'Ie, ie. Hei, beth ddigwyddodd i'r creision i gyd?' gofynnodd Rhys.

'Rwyt ti wedi'u bwyta nhw, y bolgi!' atebodd Ifan yn chwareus.

'Dere, ewn ni i'r tŷ. Rhaid ei bod hi'n amser te erbyn hyn.'

'Ti a dy fola! Hei! Beth yw'r sŵn 'na?' holodd Ifan.

'Does gen i ddim syniad. Mae e'n dod o gyfeiriad stabl Siani yr ochr draw i'r clos,' atebodd Rhys gan wrando'n astud.

'Falle bod bola Siani'n gwybod ei bod hi'n amser te hefyd,' awgrymodd Ifan.

'Wyt ti'n arogli mwg?' gofynnodd Rhys yn sydyn.

'Ydw!' atebodd Ifan. 'Edrych! Mae e'n dod o lawr llawr!'

Rhuthrodd y bechgyn draw at ben yr ysgol ac edrych i lawr i'r sgubor. Roedd mwg yn llenwi'r adeilad ac yn mynd yn fwy trwchus bob eiliad.

'DAD!' gwaeddodd Rhys.

'HELP!' gwaeddodd Ifan.

'Mae'n rhaid i ni fynd lawr yr ysgol!' meddai Rhys gan ddechrau pesychu.

'Iawn. A well i ni aros yn agos at ein gilydd. Mae'n anodd gweld dim yn y mwg 'ma.'

Dringodd y bechgyn i lawr yr ysgol. Roedd y mwg yn dod o gyfeiriad pentwr o goed wrth ymyl set y ddrama. Rhaid bod gwreichion o'r llif drydan wedi tasgu a chydio yn y coed a'r rheiny wedi dechrau mudlosgi. Diolch byth nad oedd llawer o wair a gwellt yn y sgubor, neu fe fyddai'r lle'n wenfflam erbyn hyn! Roedd y mwg yn gwneud i'r bechgyn besychu'n waeth ac roedd eu llygaid yn llosgi. Cyrhaeddodd Rhys y gwaelod yn ddiogel, ond wrth i Ifan gamu i'r llawr fe faglodd a chwympo'n lletchwith gan droi ei bigwrn.

'Aaw!' gwaeddodd mewn poen.

'Ifan! Dere!'

'Mae 'nhroed i'n brifo! Alla i ddim codi!'

Pennod 7

Draw yn y stabl, roedd Siani'n gallu arogli'r mwg hefyd. Roedd hi'n gwybod bod tân a mwg yn beryglus. Dechreuodd gicio drws y stabl. Roedd yn rhaid iddi fynd allan! Beth os byddai'r stabl yn mynd ar dân? Roedd yn rhaid iddi agor y drws er mwyn iddi hi a Sionyn gael dianc. Ciciodd y drws dro ar ôl tro er mwyn rhyddhau'r bollt. Fflachiai ei llygaid ac roedd hi'n chwys diferu.

Yna clywodd Siani leisiau'n gweiddi, 'Help! Help!'

Rhys! Roedd Rhys mewn perygl! Gweryrodd Siani'n uchel a rhoi un gic galed i ddrws y stabl nes bod y pren yn hollti.

Clywodd Mr Lewis sŵn Siani'n gweryru, a rhuthrodd i'r clos. Gwelodd y mwg yn dod o'r sgubor.

'HELP! DAD! HELP!'

Rhys! Roedd e yn y sgubor! Ac Ifan hefyd, mae'n siŵr!

'O! Na!' meddai Mr Lewis gan roi'i law yn ei boced i nôl yr allwedd er mwyn agor y clo. Ond doedd dim allwedd yno! Roedd twll yn y boced – rhaid bod yr allwedd wedi cwympo allan ohoni! Doedd ddim syniad gan Mr Lewis ble'r oedd hi!

'RHYS! IFAN!' gwaeddodd Mr Lewis ar y bechgyn.

'DAD! Dwi ddim yn gallu agor y drws!! Ac mae Ifan wedi cael dolur!'

'Gorweddwch ar y llawr. Mae llai o fwg fan 'ny! Fe gaf i chi mas nawr!' dywedodd Mr Lewis. 'Ond sut?' meddyliodd gan edrych o gwmpas y clos mewn panic gwyllt!

Yna'n sydyn dyma Siani'n carlamu heibio iddo. Rhedodd Siani ar draws y clos a dechrau cicio drws y sgubor.

'Ewch i ffwrdd oddi wrth y drws, fechgyn,' gwaeddodd Mr Lewis wrth sylweddoli beth roedd Siani'n ceisio'i wneud a dechreuodd yntau gicio'r drws hefyd.

Gyda hynny, cyrhaeddodd Beca a Mrs Lewis y clos. Neidiodd y ddwy o'r car.

'Beth sy'n digwydd?' gofynnodd Mrs Lewis mewn braw.

'Tân yn y sgubor! Rhys ac Ifan yn methu dod allan! Ffonia'r frigâd dân! Nawr!'

Rhedodd Beca draw at Siani i'w hannog ymlaen.

'Dere Siani! Mae'n rhaid i ti achub Rhys ac Ifan.'

Ac fel pe bai hi'n deall pa mor bwysig oedd hi i agor y drws, dyma Siani'n defnyddio'i holl nerth i gicio'r pren. O'r diwedd holltodd y pren a chwalodd y darn metel oedd yn dal y clo.

Llanwyd llygaid Beca â mwg ar unwaith ac ni allai weld dim. Yna dyma hi'n gweld ei brawd. Roedd e bron â chwympo.

Aeth Beca ato i'w helpu i gerdded allan i'r awyr iach.

'Ifan,' dywedodd Rhys yn floesg rhwng pesychiadau. 'Mae Ifan i mewn yna o hyd!'

'A ble mae Siani wedi mynd?' holodd Beca.

Roedd Siani wedi mynd i mewn i'r sgubor! Fel arfer doedd anifeiliaid ddim yn mynd yn agos at fwg a thân, ond roedd

41

Siani'n synhwyro bod Ifan mewn perygl. Pan edrychodd Beca'n ôl at ddrws y sgubor roedd hi'n methu credu'i llygaid! Roedd Siani'n cerdded allan o'r sgubor gydag Ifan yn cydio am ei gwddf ac yn hercian wrth ei hochr. Roedd e'n pwyso'n drwm ar y gaseg fach.

'Siani,' gwaeddodd Beca. Pan welodd Mr Lewis beth oedd yn digwydd, rhuthrodd at Ifan a'i godi yn ei freichiau ac aeth Beca at Siani a'i harwain i ffwrdd o'r sgubor.

Ar yr un pryd cyrhaeddodd y frigâd dân, yr ambiwlans a Mrs Hwmffra.

Roedd pawb wedi rhyfeddu at Siani, y gaseg fach ddewr.

'Siani'r Shetland,' meddai swyddog y frigâd dân wrth i'r dynion tân eraill estyn y pibau dŵr. 'Rwyt ti wedi achub y dydd heddiw.'

U

Aeth y bechgyn i'r ysbyty yn yr ambiwlans. Roedd y ddau'n dioddef o effeithiau'r mwg ac roedd Ifan wedi cleisio'i bigwrn yn ddrwg. Ar ôl dod adref o'r ysbyty, fe aeth Rhys i weld Siani. Roedd Sionyn a hithau'n gorwedd ar y gwellt mewn stabl gwahanol i'r arfer gan fod drws eu stabl nhw heb gael ei drwsio eto.

'Diolch i ti, Siani,' meddai Rhys wrth y gaseg, gan ei mwytho'n annwyl.

Ar ei ffordd yn ôl i'r tŷ, sylwodd Rhys ar rywbeth anarferol ar y llawr. Plygodd a chodi allwedd fechan – allwedd clo clap y sgubor!

Pennod 8

'Parciwch i lawr ar y chwith, plis,' gorchmynnodd y stiward.

'Dim ond am heno y byddwn ni yma,' esboniodd Mr Lewis. 'Byddai'n well 'da fi barcio ar waelod y maes.'

Roedd yn gas gan Mr a Mrs Lewis barcio'r lorri ar y mynydd ar faes Sioe Frenhinol Cymru yn Llanelwedd.

'O'r gorau,' cytunodd y stiward yn garedig. 'Pob hwyl gyda'r cystadlu.'

'Diolch!' atseiniodd lleisiau Beca a Nia a Rhys ac Ifan. Roedd y criw i gyd wedi cael dod i'r sioe eleni!

'Beth wyt ti eisiau ei wneud gyntaf?' holodd Nia wrth Beca. Erbyn hyn, roedd y lorri wedi'i pharcio a'r ddwy wedi gwneud

44

yn siŵr fod Siani a Sionyn yn iawn ar ôl y daith o Geredigion.

'Dere i brynu rhaglen y sioe. Dwi eisiau gweld pwy sy'n cystadlu yn ein herbyn ni fory,' atebodd Beca.

Roedd Siani a Sionyn yn cystadlu yn y gystadleuaeth caseg gydag ebol y diwrnod canlynol. Aeth y ddwy ffrind draw at stondin y rhaglenni. Crynai dwylo Beca wrth iddi chwilio drwy'r llyfr am dudalen y Shetlands.

'Dyma fe. W! Edrych, Nia! Mae'r ebol o fridfa Lochtyn Fach 'ma,' meddai Beca wrth ddarllen enwau'r cystadleuwyr.

'Ma Sionyn wedi'i guro fe yn sioe'r Teifiseid,' meddai Nia.

'Ydy. Ond bydd raid i ni fod ar ein gorau fory os ydyn ni'n mynd i ennill eto,' meddai Beca.

Siaradai'r ddwy'n ddi-stop wrth gerdded yn ôl at y lorri. Roedd nifer fawr o lorïau ar y maes – rhai mawr, moethus gyda lle i chwe cheffyl, rhai llai gyda lle i dri cheffyl, ac ambell un digon rhydlyd ac anniben yr olwg! Roedd nifer o bobl wrthi'n codi pebyll a gosod byrddau a chadeiriau'n barod i gael barbeciw neu barti. Roedd hi'n mynd i fod yn wythnos wych, meddyliodd Beca.

'Edrych pwy sy draw fanna!' dywedodd Nia gan bwyntio at farchog yn mynd heibio ar ei geffyl crand. 'Wyn Morris o Sir Benfro! Mae Mam yn adnabod Wyn yn dda. Mae hi wedi bod yn hela gydag e droeon. Mae ganddo fe geffylau da iawn. Mae e'n siŵr o ennill,' ychwanegodd.

'Ac ry'n ninnau'n siŵr o ennill gyda Siani a Sionyn hefyd,' dywedodd Beca gan groesi'i bysedd. 'S'dim un ceffyl yn well na Siani fach.'

Roedd angen mynd â Siani a Sionyn i'r stabl. Fe ddaeth Rhys ac Ifan i helpu'r merched – roedd yn rhaid cario rhwyd gwair a bwcedi dŵr a bwyd yn ogystal ag arwain y ceffylau.

'Mae'n well i fi arwain Sionyn,' meddai Rhys. 'Bydd e'n ymarfer arall erbyn fory,' ychwanegodd. Rhys fyddai'n arwain Sionyn y diwrnod wedyn yn y gystadleuaeth ebol mewn llaw. Estynnodd Beca'r ffrwyn i'w brawd a gwenu arno. Roedd hi'n falch iawn ei bod hi a'i brawd yn ffrindiau erbyn hyn. Roedd hi hefyd yn gwybod bod Rhys yn awyddus i wneud mwy a mwy i helpu i edrych ar ôl y ceffylau ers helynt y tân.

'Dyma ni. Stabl rhif 110,' cyhoeddodd Beca wrth gyrraedd diwedd y rhes o stablau pren. 'Dyma eich cartref chi am heno, cariadons bach,' ychwanegodd gan arwain Siani i mewn. Dilynodd Sionyn gyda Rhys.

Ar ôl gosod y gwair, y dŵr a'r bwyd yn eu lle, bu'r pedwar yn gwylio'r fam a'r ebol yn dod yn gyfarwydd â'u cartref dros dro.

'Mae hyn fel mynd ar wyliau iddyn nhw,' dywedodd Ifan.

'Ydy. Mae'n rhaid eu bod nhw'n methu deall beth yw'r lle rhyfedd yma,' ychwanegodd Rhys.

'Beth am fynd am dro?' cynigiodd Beca. 'Mae dros awr cyn y bydd hi'n amser mynd nôl i'r lorri i gael swper.'

'Syniad da,' cytunodd Nia.

Roedd y bechgyn eisiau mynd i sied y gwartheg er mwyn cyfarfod eu ffrind Gwydion. Roedd teulu Gwydion yn bridio gwartheg Henffordd ar fferm ger Aberteifi. Penderfynodd y merched gerdded o gwmpas y maes am ychydig.

Aeth y ddwy heibio adeiladau'r BBC a'r NFU ar un ochr, a'r brif arena ar yr ochr arall, yna troi i'r chwith i gyfeiriad y stondinau. Sgwrsiai'r ddwy'n ddi-stop wrth fynd heibio'r JCBs, y tractors a'r peiriannau mawr.

'Edrych fanna, treilyr ceffylau glas newydd cwmni Ifor Williams. Dychmyga gael un fel 'na! Bydden ni'n edrych mor *posh* yn cyrraedd y sioeau mewn un o'r rheina,' meddai Beca gan edrych arno fel petai wedi ei mesmereiddio.

'Bydden i wrth fy modd hefyd, Beca, ond mae Mam yn cadw dweud wrtha i nad y treilyr ond yr hyn sy'n dod allan ohono fe sy'n cyfri!'

Chwarddodd y ddwy, a chytunodd Beca

a Nia mai Siani ac Osian, ceffyl Nia, oedd y ponis gorau yn y byd i gyd ac na allai unrhyw geffyl arall eu maeddu – hyd yn oed pe baen nhw'n cyrraedd y sioe mewn treilyr aur wedi'i addurno â gemau gwerthfawr!

Ymhen ychydig, aeth y merched i sied y gwartheg er mwyn chwilio am Rhys ac Ifan.

'Waw! Edrych ar faint hwnna!' meddai Nia gan bwyntio at darw mawr, du. 'Dwi ddim wedi gweld un mor fawr â hynna o'r blaen!'

Chwarddodd Beca ar ben ei ffrind. Roedd hi wedi rhyfeddu ar yr holl anifeiliaid yn y sied. Darllenai enwau'r bridiau gwahanol wrth gerdded heibio iddyn nhw. 'Belgian Blue – 'na beth sy 'da Dad-cu; Simmental; Gwartheg Duon Cymreig! Mae pob brid dan haul 'ma.'

Wrth gerdded heibio'r gwartheg roedd yn rhaid ochrgamu heibio bêls gwellt, whilberi a chadeiriau cynfas. Roedd dwfe neu sach gysgu yma a thraw hefyd, gan fod nifer o'r perchnogion yn cysgu gyda'r gwartheg er mwyn eu gwarchod drwy'r nos.

Roedd Rhys ac Ifan yn sgwrsio gyda Gwydion yn ardal y gwartheg Henffordd. Aeth Beca a Nia draw atyn nhw a dangosodd Gwydion y llo y byddai e'n ei arwain drannoeth.

'Wyt ti'n edrych ymlaen at y gystadleuaeth?' holodd Beca.

'Ydw,' atebodd Gwydion. 'Rwy'n credu bod siawns dda gyda hwn i gael gwobr. Chefais i ddim lwc llynedd – y llo oedd yn fy arwain i o gwmpas y cylch!' Chwarddodd Beca wrth ddychmygu'r olygfa. 'Ond rwy wedi ymarfer llawer mwy eleni,' ychwanegodd Gwydion.

'Pob lwc i ti,' meddai Beca wrth ffarwelio.

'Diolch. Pob lwc i ti hefyd. Gobeithio bydd sawl rhosglwm hardd gyda ni i'w dangos erbyn nos fory,' dywedodd Gwydion.

'Wel, dyna amseru da,' oedd ymateb Mr Lewis wrth i'r pedwar gyrraedd nôl at y lorri. 'Y gwaith caled wedi gorffen a'r bwyd bron â bod yn barod.'

Roedd e'n coginio selsig a byrgyrs ar y barbeciw bach. Edrychai'n ddoniol yn gwisgo ffedog ei wraig ac roedd ei fochau'n goch, goch oherwydd y gwres.

'Ydych chi wedi gorffen glanhau'r lorri?' holodd Beca.

'Do. Mae hi'n lân fel pìn mewn papur!' atebodd ei thad.

'Beth am y gwelyau?' gofynnodd Rhys.

'Fe gewch chi drefnu'r gwelyau gwersylla a'r sachau cysgu ar ôl bwyta,' meddai Mrs Lewis.

'Grêt,' dywedodd pawb gyda'i gilydd.

Dihunodd Rhys yn sydyn. Roedd Beca'n siarad yn ei chwsg! 'O Na! Mae'n ddeg o'r gloch! . . . rhy hwyr . . . cystadleuaeth wedi bod . . .'

'Beca!' sibrydodd Rhys yn uchel er mwyn dihuno'i chwaer.

'Beth sy'n digwydd?' gofynnodd Ifan yn gysglyd.

'Beca sy'n siarad yn ei chwsg,' atebodd Rhys. Gwrandawodd y ddau arni. 'Siani! Siani beth sy'n bod? Wyt ti'n sâl?'

'Hei. Ydy hi'n amser codi?' meddai Nia o ben pella'r lorri.

'Ddim eto. Beca sy'n breuddwydio ac yn siarad yr un pryd,' esboniodd Ifan.

'NA! Paid, Sionyn,' meddai Beca'n uchel nawr. 'Paid codi dy goesau fel 'na! Aros yn llonydd! NA! Dim hat y beirniad!'

Chwarddodd Rhys, Nia ac Ifan yn uchel a dihunodd Beca. Roedd hi wedi drysu'n llwyr.

'Beth? Ydy Siani'n well? Mae Sionyn wedi bwyta hat . . .'

'Naddo, Beca fach. Rwyt ti wedi bod yn breuddwydio,' meddai'i brawd wrthi.

'Diolch byth am hynny!' mwmialodd Beca wrth orwedd i lawr yn ei sach gysgu unwaith eto. A'r tro yma breuddwydiodd am rosglymau . . . a rubanau a chynulleidfa'n cymeradwyo . . .

Pennod 9

Draw yn arena'r ceffylau, roedd y ponis Shetland Maint Bach wedi cystadlu, ac ymhen deng munud fe fyddai'r Ponis Shetland Maint Mawr yn cael eu beirniadu. Taclusodd Beca'i gwallt cyn gwisgo'i het felfed, glas tywyll. Roedd hi wedi brwsio cot Siani nes ei bod hi'n sgleinio ac roedd Nia wedi rhoi olew ar ei charnau hi ac ar rai Sionyn hefyd. Roedd Mrs Lewis wedi defnyddio sbwng dros ffroenau a llygaid y ceffylau cyn eu sychu ag olew babi. Yna roedd hi wedi defnyddio chwistrell arbennig ar gynffonnau'r ceffylau fel eu bod nhw'n sgleinio. Edrychai'r ceffylau'n daclus iawn.

Wedi gorffen paratoi'r ceffylau, aeth Beca a Siani, Rhys a Sionyn i lawr at yr arena. Roedd ugeiniau o gystadleuwyr wedi ymgasglu yno – meirch, rhai blwydd oed, rhai dwy a thair blwydd oed, cesig aeddfed a chesig magu gyda'u hebolion. Edrychodd Beca o'i hamgylch i weld pa rai fyddai'n cystadlu yn eu herbyn nhw. Roedd sawl ebol braf yno, ond roedd

Sionyn yn edrych yn fwy aeddfed ac yn apelio at y llygad, meddyliodd.

Gyda hynny, galwodd y stiward y cystadleuwyr dosbarth magu i'r arena.

'Dyma ni,' dywedodd Rhys. 'Wyt ti'n barod?' gofynnodd i'w chwaer.

'Barod,' atebodd Beca. Gwenodd y ddau a chodi bodiau ar ei gilydd.

Arweiniodd Beca Siani'n hyderus i'r cylch cystadlu a dilynodd Rhys a Sionyn. Roedd Siani'n cystadlu yn y dosbarth caseg fagu gydag ebol wrth droed. Byddai Sionyn yn cystadlu yn nosbarth yr ebol gorau, a honno fyddai'n digwydd nesaf. Croesodd Beca'i bysedd wrth gerdded i'w lle yn yr arena. Gobeithiai y byddai Sionyn yn bihafio. Meddyliodd am yr holl ymarfer a'r paratoi oedd wedi digwydd yn ystod yr wythnosau diwethaf ym Mharc yr Ebol. A nawr roedd y foment fawr wedi cyrraedd!

Cerddai Siani'n sionc gyda'i chlustiau'n uchel. Sgleiniai ei chot, ei mwng a'i chynffon. Roedd ôl oriau, diwrnodau a misoedd o waith caled arni. Roedd Beca a

Rhys wedi bod yn brysur yn glanhau'r ffrwynau hefyd, a sgleiniai'r byclau a'r genfâu aur yn yr haul. Edrychai'r pedwar yn grand iawn. Gwisgai Beca ei siaced ferlota, trowsus hufen, blowsen ysgol a thei las â seren arni. Roedd menig lledr brown am ei dwylo ac esgidiau brown am ei thraed.

Roedd wyth o gesig ac ebolion yn y dosbarth, a gwyddai Beca y byddai dau gystadleuydd yn mynd adref heb wobr o gwbl. Gwenodd Beca ar y beirniad a gwenodd yntau'n ôl arni. Gofynnodd y beirniad i bob un o'r cystadleuwyr yn eu tro drotian gyda'u ceffylau o amgylch yr arena.

'Dere 'mlaen, Siani. Dere i ddangos i'r beirniad mai ti yw'r poni gorau yma heddiw,' sibrydodd Beca yng nghlust y gaseg pan ddaeth eu tro nhw.

Trotiodd Siani a rhedodd Beca wrth ei hochr. Symudai Siani'n dda a theimlai Beca'n falch iawn ohoni.

Wedi i bawb ddangos eu ceffylau'n trotian, roedd hi'n bryd i'r beirniad edrych arnyn nhw'n fwy manwl.

'Nawr te, dewch i mi gael gweld eich poni chi,' dywedodd y beirniad yn garedig wrth Beca.

Cliciodd Beca'i bysedd yn yr awyr er mwyn i Siani edrych yn fywiog ac i'w chlustiau bwyntio i fyny'n uchel.

'Beth yw ei hoedran hi?' holodd Mr Rees, y beirniad.

'Deg oed, yr un oed â fi,' atebodd Beca'n hyderus.

Rhedodd y beirniad ei ddwylo dros ysgwydd y gaseg, dros ei chefn, ei phen-ôl a'i choesau. Fe fyddai'n gwneud hyn i bob anifail er mwyn gweld a oedd unrhyw ddiffygion.

'Rwy eisiau i chi gerdded mewn llinell syth i ben arall yr arena. Ar ôl cyrraedd y pen draw, trotiwch heibio fi ac yn ôl i'ch lle yn y rhes,' dywedodd y beirniad.

Gwnaeth Beca fel roedd Mr Rees wedi'i ddweud. Syllai'r beirniad arnynt yn graff gan edrych yn ofalus ar goesau Siani a'r ffordd roedd hi'n symud. Wedi i Siani a Beca ddychwelyd i'w lle, cododd Mr Rees ei het fel arwydd o ddiolch am y perfformiad.

Edrychodd Mr Rees yn ofalus ar bob ceffyl unwaith eto. Roedd Beca'n gwybod ei fod ar fin penderfynu pwy oedd orau. Yna dyma fe'n pwyntio at Lochtyn Fach Jemima. Hi oedd wedi ennill y wobr gyntaf. Teimlai Beca'n siomedig, ond dyna oedd cystadlu, ac roedd pob beirniad yn wahanol. Yna, pwyntiodd y beirniad at

Siani. Roedd hi wedi dod yn ail! Gwenodd Beca o glust i glust. Doedd dim modd ennill bob tro, meddyliodd, ac roedd cael ail safle yn Sioe Frenhinol Cymru yn dipyn o gamp. Clymwyd rhosglwm ar ffrwyn Siani a rhoddodd Beca glamp o gusan i'r gaseg fach annwyl.

Pennod 10

Tro Rhys a Sionyn oedd hi nesaf.

Edrychodd Rhys yn graff ar y beirniad. Curai ei galon yn galed yn ei frest. Roedd yn rhaid iddo ennill, er mwyn Sionyn ac er mwyn Beca a Siani, meddyliodd. Cerddai'r ceffylau a'u perchnogion o amgylch yr arena. Edrychodd Rhys ar y cystadleuwyr eraill. Roedd 'na sawl ebol braf yn ei erbyn, a sawl ebol aeddfed hefyd. Roedd ebol Lochtyn Fach yn edrych yn dda iawn, ond roedd e wedi camfihafio ers cyrraedd yr arena a gobeithiai Rhys y byddai hynny'n cyfri yn ei erbyn.

O'r diwedd, tynnodd y beirniad ei het. Roedd e wedi penderfynu a pwyntiodd at . . . Sionyn! Roedd Sionyn wedi ennill dosbarth yr ebol gorau yn y Sioe Frenhinol! Roedd hyn yn ffantastig! Roedd Rhys a Beca wrth eu boddau! Curai Mr Lewis ei ddwylo, ac roedd Ifan a Nia yn gweiddi 'hwrê' gyda'u breichiau yn yr awyr. Roedd y dagrau'n llifo i lawr gruddiau Mrs Lewis.

'Enillydd y dosbarth ebol gorau yn y sioe eleni yw Fferm Parc yr Ebol Sionyn, wedi'i fridio gan Beca Lewis o Aberteifi. Da iawn ti, Beca. Fe fydd pobl Aberteifi'n bles iawn ohonot ti,' cyhoeddodd llais o'r uchelseinydd. 'Rhys Lewis, brawd Beca, sy'n arwain Sionyn heddiw. Llongyfarch-iadau i tithau.'

Gwenai Rhys o glust i glust. Ni allai gredu ei fod e newydd ennill y dosbarth! Gosododd y beirniad y rhosglwm yn llaw Rhys a siglodd ei law arall.

'Llongyfarchiadau i ti. Mae hwn yn ebol da iawn ac roeddet ti'n ei ddangos yn ardderchog,' dywedodd y beirniad.

Clymodd Rhys y rhosglwm ar ffrwyn Sionyn. Safodd yr ebol yn urddasol fel pe

bai'n deall ei fod e newydd dderbyn y wobr gyntaf. Gweryrodd yn uchel wrth i'r dorf ei gymeradwyo. Teimlai Rhys yn bwysig wrth i ffotograffydd ddod draw ato a thynnu'i lun.

Yna, fe ddaeth cyhoeddiad annisgwyl dros yr uchelseinydd.

'Mae fferm Parc yr Ebol wedi llwyddo'n
ardderchog heddiw, ond mae Siani'r
Shetland yn geffyl arbennig iawn. Rai
wythnosau'n ôl fe wnaeth hi achub
bywydau Rhys a'i ffrind Ifan. Ac i ddiolch
iddi am ei dewrder, mae syrpreis arbennig
wedi cael ei drefnu. Mae'r stiwardiaid yn
mynd i fynd â chi draw i'r cylch mawr ble
bydd rhywun arbennig iawn yn cael gair
gyda chi.'

Pennod 11

Cyn i Beca sylweddoli'n iawn beth oedd yn digwydd, roedd Siani a hithau'n sefyll ar ochr y cylch mawr gyda Rhys a Sionyn ac Ifan.

Yna, gwelodd Beca Sara Edwards, y gyflwynwraig teledu, yn cerdded tuag ati yn ei sodlau uchel. Roedd cyfarwyddwr, dyn camera, dyn sain, dynes colur a rhedwr yn ei dilyn, a'r rheiny'n cario offer trwm iawn – camera, batris, meicroffon mawr fflwffog, ceblau, goleuadau a threipod. Edrychai Sara'n berffaith, fel y byddai bob amser ar y teledu wrth iddi gyflwyno'r rhaglen newyddion. Doedd dim blewyn allan o'i le a'i cholur yn berffaith. Gobeithio y bydda i'n edrych yn

64

debyg i Sara rhyw ddiwrnod, meddai Beca wrthi'i hun.

'Helô – Beca, Rhys ac Ifan ydych chi, dwi'n cymryd,' dywedodd Sara'n garedig gan ysgwyd llaw â Beca. 'A dyma Siani'r Shetland a'i hebol bach Sionyn,' ychwanegodd Sara gan oglais mwsel y gaseg a chynnig polo mints i'r ddau geffyl o boced ei chot wêr. 'O, mae'r ddau mor ciwt, Beca. Fe fydden i'n dwlu mynd â Siani a Sionyn adref gyda fi,' meddai gan wenu.

Yna dyma'r gyflwynwraig yn esbonio ei bod hi'n mynd i gynnal cyfweliad gyda nhw fan hyn, yn y cylch mawr, yn y sioe.

'Beth?' meddai Rhys yn methu credu'i glustiau. 'Byddwn ni'n siarad ar y teledu!'

'Byddwch,' cadarnhaodd Sara.

'GRÊT!' meddai'r bechgyn gyda'i gilydd.

Ond doedd Beca ddim mor awyddus. Roedd ei bol hi'n troi, ac roedd hi'n poeni na fyddai hi'n edrych yn ddigon taclus ar bwys Sara Edwards. Gwelodd Sara yr olwg ofidus ar wyneb Beca a gafaelodd am ei hysgwyddau. 'Paid â phoeni, Beca. Dim ond ateb cwestiwn neu ddau am Siani fydd eisiau i ti ei wneud. Ac fe ddaw Mali i roi ychydig o golur arnat ti er mwyn i ti gael edrych fel seren fach.'

'GRÊT,' dywedodd Beca y tro hwn! Cael ei choluro ar gyfer mynd ar y teledu! Waw!

'Dwi ddim yn mynd i roi gormod o golur arnat ti – ychydig o liw ar y bochau, dyna i gyd,' esboniodd Mali, y ferch colur, gan fynd â brws mawr meddal dros ei bochau.

Teimlai Beca'n bwysig iawn. Ymhen ychydig funudau, fe fyddai llygaid Cymru yn syllu arni. Roedd y colur wedi rhoi hyder iddi a theimlai'n barod ar gyfer yr her. Dyma hi'n tacluso ychydig ar fwng Siani a glanhau ei llygaid a'i ffroenau. Edrychai'r ddwy'n berffaith, fel dwy fodel hardd.

Yna dyma Sara'n dechrau holi'r tri am Siani a'r ffordd roedd hi wedi achub y bechgyn o'r tân, er mwyn iddi gael gwybod pa gwestiynau i holi iddynt yn y cyfweliad.

'Fe fydd yn rhaid i chi siarad yn glir ac yn bwyllog wrth ateb,' dywedodd. 'Joiwch y profiad a chofiwch wenu,' ychwanegodd Sara wrth i'r dyn sain glymu meicroffon ar ei choler. 'Does dim angen i chi fod yn swil.'

Roedd y dyn sain eisiau mesur lefel y sain cyn dechrau'r cyfweliad, felly bu'n rhaid i Beca, Rhys ac Ifan gyfri i ddeg un ar y tro.

'Perffaith. Mae 'da chi leisiau bach hyfryd iawn,' dywedodd y dyn sain yn hapus.

'Mae'n drueni nad yw Siani'n gallu siarad er mwyn dweud beth ddigwyddodd iddi adeg y tân. Fe fyddai hynny'n gwneud stori dda,' meddai Sara.

'A dwi'n siŵr y byddai wrth ei bodd yn cael meicroffon wedi'i glymu i'w mwng!' chwarddodd Beca.

Trodd Sara at y criw am funud er mwyn gwneud yn siŵr bod pawb yn deall sut y byddai'r eitem yn cael ei ffilmio – pa siotiau oedd eu hangen a beth fyddai'r drefn.

Dyma gyffrous, meddyliodd Beca. Rhyw ddydd, efallai y gallai hi gyflwyno rhaglen deledu ar amaeth fel Sara. Hoffai hi fod yn enwog a chael pobl yn gofyn iddi am ei llofnod wrth iddi gerdded lawr y stryd – yn ogystal â chael rhywun i wneud ei cholur bob bore!

'Wyt ti'n iawn, Siani?' gofynnodd Beca gan sibrwd yng nghlust y gaseg. Ond doedd Siani ddim yn nerfus o gwbl. Roedd hi'n mwynhau'r holl sylw a'r halibalŵ. Cyffyrddodd Beca yn y gadwyn lwcus a gafodd yn anrheg Nadolig gan Rhys, a gwnaeth ddymuniad y byddai popeth yn mynd yn iawn.

'Reit, ry'n ni'n barod i fynd ar yr awyr. Pawb yn barod?' holodd Sara.

'Ydyn,' dywedodd y tri fel corws.

'Pump, pedwar, tri, dau, un . . .'

Pennod 12

'Bore da i chi, a chroeso i'r Sioe Frenhinol yma yn Llanelwedd ar ddiwrnod cyntaf y cystadlu. Mae'r lle dan ei sang gyda chystadleuwyr ac anifeiliaid. Ry'n ni'n dechrau'r rhaglen y bore 'ma yn y brif arena. Yma'n gwmni i fi mae Rhys, Ifan a Beca o Geredigion. Bore da,' meddai Sara gan droi at y plant.

'Bore da,' dywedodd y tri'n eiddgar fel parti llefaru.

'Yma hefyd mae Sionyn sydd newydd ennill dosbarth yr ebol gorau, a'i fam ddewr iawn, Siani'r Shetland. Wel, croeso mawr i chi yma. Fe ddechreua i gyda ti, Rhys; esbonia beth wnaeth ddigwydd i ti ac Ifan ar Fferm Parc yr Ebol yn ddiweddar?'

'Wel, aeth y sgubor ar dân tra oedd Ifan a fi i fyny yn y llofft, a daeth Siani'r Shetland i'n hachub ni,' atebodd Rhys yn swil erbyn hyn.

'A sut wnaeth Siani lwyddo i'ch achub chi?' holodd Sara.

'Fe giciodd hi'r bollt oddi ar ddrws ei stabl wedi iddi arogli'r mwg, ac fe giciodd drws y sgubor nes ei fod yn torri. Hi wnaeth ein hachub ni,' esboniodd Ifan yn fwy swil fyth. 'Wn i ddim beth fyddai wedi digwydd i ni heblaw am Siani.'

'Wel, Beca. Ti sy berchen y gaseg. Ers pryd rwyt ti wedi'i chael hi?' holodd Sara gan droi at Beca.

'Fe brynodd Mam a Dad hi ym marchnad geffylau Llanybydder ar fy mhen blwydd. Mae'n gaseg glyfar iawn ac yn hoffi helpu pobl. Mae hi wedi achub Ifan a Rhys o'r tân, mae hi wedi cymryd rhan ym mhantomeim yr ysgol, wedi ennill gwobr mewn sawl sioe, ac fe wnaeth hi

helpu i ddal lladron oedd yn ceisio dwyn hen gloc tad-cu o'r fferm. Mae hi'n gaseg arbennig iawn,' ychwanegodd Beca'n falch.

'Ydy wir,' cytunodd Sara gan fynd ar ei chwrcwd wrth ochr y gaseg i fwytho'i mwsel. 'A chan fod Siani'n gaseg mor ddewr, ry'n ni am roi medal iddi. Dyma Llywydd y sioe i'w chyflwyno iddi.'

'Dyma ti, Siani,' meddai Mr Davies, y Llywydd, gan osod ruban coch gyda medal aur yn hongian arni o gwmpas gwddf y gaseg.

Roedd y bobl oedd yn sefyll o gwmpas y cylch a'r bobl yn yr eisteddle yn cymeradwyo Siani'n frwd. Gwenodd Beca'n llydan. Teimlai'n ferch lwcus iawn i fod yn berchen ar gaseg mor arbennig. Mwythodd ei gwddf yn dyner a rhoi cusan fawr ar ei mwsel. Gweryrodd Siani ac ysgwyd ei mwng hardd. Edrychai fel petai hithau'n gwenu hefyd.

Pennod 13

'Bwrw glaw heddiw eto,' meddai Beca wrth agor llenni ei hystafell wely rai wythnosau'n ddiweddarach. Doedd Beca ddim wedi gallu gadael i Siani na Sionyn fynd allan i'r cae ers diwrnodau gan bod y tywydd mor wlyb ac oer.

'Bore da, Mam,' meddai Beca wrth eistedd wrth y bwrdd i gael brecwast.

'Bore da, Beca,' meddai ei mam. 'Mae heddiw'n ddiwrnod mawr i Sionyn bach.'

'Bach, wir!' meddai Beca. Roedd Sionyn yn saith mis oed erbyn hyn ac wedi tyfu'n glamp o ebol Shetland mawr. Roedd Beca'n ei chael yn anodd i'w drin a'i hyfforddi. Fe fyddai'n ymddwyn yn dda iawn yn y stabl, ond doedd dim posib i

Beca ddal gafael arno pan fyddai'n mynd allan gydag e. Fe fyddai Sionyn yn tynnu Beca i bob cyfeiriad ac yn cicio'i garnau i'r awyr. Roedd e hefyd wedi dechrau brathu. Roedd e wedi brathu llaw Rhys, coes Mrs Lewis a thrwyn Mr Lewis! Edrychai Dad fel clown am ddyddiau druan, ac er ei fod e'n boenus, roedd yn rhaid iddo chwerthin!

Gan fod Sionyn yn gymaint o lond llaw erbyn hyn, roedd Mrs Lewis wedi penderfynu ei bod hi'n bryd gwahanu Siani a Sionyn. Roedd Beca'n gwybod bod gwahanu caseg ac ebol ar ôl tua chwe mis yn broses naturiol, a bod caseg yn fwy na pharod i ffarwelio â'i hebol. Wrth wahanu'r ddau, mae'r gaseg yn cael llonydd ac mae ei llaeth yn dod i ben. Mae'r ebol yn cael cyfle i aeddfedu a chymysgu gyda cheffylau eraill.

'Dere di i fwydo Siani tra bydda i'n mynd â Sionyn i'r stabl arall,' dywedodd Mrs Lewis wrth Beca ar ôl clirio'r bwrdd.

'Fe fydd y bwyd yn mynd â'i sylw am ychydig,' esboniodd.

Arhosodd Beca yn y stabl gyda Siani, a gwylio Sionyn a Mrs Lewis yn cerdded drwy'r glaw diflas at stabl arall ym mhen draw'r clos. Roedd Beca'n gwybod y byddai Sionyn yn hapus iawn yno. Byddai un o hen geffylau hela Mr Lewis drws nesaf iddo a byddai'r ddau yn gallu cyffwrdd mwsel ei gilydd dros y wal. Arweiniodd Mrs Lewis Sionyn i'w stabl newydd. Roedd gwellt glân a thrwchus o dan ei garnau a rhwyd fawr o wair yn ei ddisgwyl. Gweryrodd yr hen geffyl hela wrth ei weld yn dod, a gweryrodd Sionyn yn ôl.

'Dyna chi wedi dweud helô wrth eich gilydd,' meddai Mrs Lewis. 'Fe fyddi di Sionyn bach yn iawn fan hyn gyda Marged yn gwmni i ti,' ychwanegodd Mrs Lewis gan rwtio gwddf yr ebol.

'Nôl yn y stabl arall, doedd Siani heb gymryd fawr o sylw o'r ffaith fod ei mab wedi mynd. Roedd ganddi fwy o ddiddordeb yn y bwyd!

'Paid ti â phoeni dim, Siani,' meddai Beca wrthi, serch hynny. 'Fe fyddi di'n cael gweld Sionyn eto yn fuan, ond fe gei di lonydd am y tro. A ti'n gwybod beth? Fe allwn ni ddechrau cystadlu ymhen rhai wythnosau. Mae'r Clwb Poni'n cynnal gwersi neidio bob dydd Sul ac mae tymor y traws gwlad wedi dechrau ers tro.'

Yn sydyn, dyma Rhys yn dod i'r stabl â'i wynt yn ei ddwrn.

'Beca! Edrych!' meddai'n wyllt gan chwifio amlen oedd ganddo yn ei law.

'Beth sy'n bod, Rhys?' gofynnodd Beca, gan fethu deall pam bod ei brawd wedi cynhyrfu cymaint.

'Llythyr o Undeb Rygbi Cymru i ti a fi! Edrych! Mae llun y tair pluen arno fe!'

'Ond pam yn y byd bod Undeb Rygbi Cymru yn danfon llythyr aton ni?' gofynnodd Beca.

Erbyn hyn roedd Rhys wedi agor yr

amlen ac yn darllen y llythyr yn uchel – ac
yn gyflym.

Annwyl Beca a Rhys

Mae'n bleser gennym eich gwahodd chi,
Mr Ifan Dafis a Siani'r Shetland i fod yn
fasgots i dîm rygbi Cymru ar gyfer y gêm yn
erbyn Seland Newydd ar Hydref 14eg yn
Stadiwm y Mileniwm . . .

Edrychodd Rhys a Beca ar ei gilydd a'u
llygaid yn disgleirio.

'WAW!' meddai'r ddau ar yr un pryd!

Roedd heddiw wedi bod yn ddiwrnod
mawr i bawb!

Pennod 14

Anadlai Beca'n drwm. Gwenai Rhys fel giât. Teimlai Ifan mor gynhyrfus fel na allai yngan yr un gair. Clywodd y tri y dorf yn canu *Delilah*, cân boblogaidd gan y Cymro Tom Jones. Roedd yr awyrgylch yn drydanol, a Stadiwm y Mileniwm dan ei sang. Doedd Beca na'i brawd, nac Ifan chwaith, erioed wedi bod yma o'r blaen, a theimlai'r tri yn nerfus tu hwnt. Roedd Siani'n nerfus hefyd, a fflachiai ei llygaid wrth glywed yr holl sŵn.

Gafaelodd Rhys yn y bêl rygbi fel petai'n drysor gwerthfawr.

'Ydych chi'ch tri yn iawn fan hyn?' holodd cawr o ddyn mewn crys rygbi coch.

Edrychodd y tri yn syn ar y gŵr o'u blaenau. Roedd e'n anferthol – ei wddf fel bonyn coeden dderw, ei ddwylo fel rhofiau, a'i frest fel brest tarw mawr.

'Waw! Dafydd Jones, blaen asgellwr, rhif chwech!' sibrydodd Ifan mewn syndod.

'Ie, Dafydd ydw i. Ydych chi'n mwynhau? A sut mae Siani? Dwi wedi clywed tipyn am y gaseg fach yma. Mae hi'n seren,' dywedodd gan blygu i rwtio'i mwsel.

Roedd Ifan a Rhys mewn sioc wrth gyfarfod â'u harwr ac ni allai'r un ohonyn nhw ddweud gair. Bu'n rhaid i Beca gymryd yr awenau, felly.

'Ry'n ni wrth ein boddau, diolch. Mae Siani'n mwynhau hefyd. Gobeithio y bydd hi'n bihafio yn y stadiwm!'

'Rwy'n siŵr y bydd hi'n gaseg dda,' dywedodd Dafydd yn hyderus. 'Rwy'n clywed eich bod chi fechgyn wedi bod yn lwcus iawn adeg y tân ar eich fferm, a bod y diolch i Siani fan hyn am eich achub.'

Nodiodd y ddau'n swil.

'Ac mae hi'n edrych yn gaseg smart iawn yn y got yma â'r ddraig goch arni,' chwarddodd Dafydd. 'Gobeithio y daw hi â lwc i ni heddiw. Reit. Ydych chi'n barod? Dyma weddill y tîm yn cyrraedd nawr.'

Llanwyd y twnnel gan sŵn esgidiau'r chwaraewyr. Roedden nhw'n edrych yn ddifrifol iawn. Ond wrth i ambell un sylwi ar Siani a'r tri arall, dyma nhw'n codi bawd arnyn nhw'n gyfeillgar a dweud 'helô'.

Yna, roedd y foment fawr wedi cyrraedd. Roedd hi'n bryd arwain y tîm allan o'r twnnel ac i'r cae. Arweiniodd Dafydd y ffordd, a dilynodd Ifan a Rhys yn dynn wrth ei sodlau. Roedd Beca wedi bod yn poeni y byddai Siani'n styfnigo ac yn gwrthod cerdded allan i'r cae, felly tynnodd foronen fawr o'i phoced a sibrwd yn garedig yng nghlust Siani. Bwytaodd Siani'r foronen yn swnllyd ac yn awchus a cherdded wrth ochr Beca heb boeni dim am y dorf a'r holl sŵn.

Roedd Beca mor falch bod Siani'n ymddwyn yn dda.

'Dyna ti, Siani fach. Dyna gaseg fach dda wyt ti,' sibrydodd wrthi.

Curai'r dorf eu dwylo wrth weld y timoedd a'u masgots arbennig. Crynai Rhys fel deilen, ac edrychai Ifan o gwmpas y stadiwm anferth â'i geg ar agor. Roedd saith deg pum mil o bobl yn y lle, ac edrychai'r dorf yn fôr o liw. Roedd rhai'n gwisgo crysau coch ac yn cefnogi Cymru, a'r lleill mewn crysau duon yn cefnogi Seland Newydd. Fflachiai goleuadau camerâu yma a thraw fel goleudy Pen Strwmbwl yn taflu golau dros fae Abergwaun. Gafaelai rhai mewn daffodil meddal, mawr ac roedd baner y ddraig goch gan sawl un arall.

'Croeso i'r gêm fawr – Cymru yn erbyn Seland Newydd!' cyhoeddodd y gŵr dros yr uchelseinydd. 'Rhowch groeso arbennig i'n masgots ifanc ni heddiw, sydd wedi teithio yr holl ffordd o Aberteifi yng Ngheredigion – Rhys a Beca Lewis, Ifan

Dafis, a'r brif seren y prynhawn yma,
Siani'r Shetland! Dwi'n siŵr mai dyma'r
tro cyntaf i ni gael poni yn y stadiwm ac
mae hi'n edrych yn arbennig o hardd.'

Dechreuodd criw o gefnogwyr ganu cân
Siani:

'Siani'r Shetland yw hi,
Siani'r Shetland yw hi.
Hi yw'r gaseg fach orau'n y byd i gyd!'

Safai Beca, Siani, Rhys ac Ifan yn eu lle ar gyfer canu'r anthemau. Gan mai ef oedd wedi cael cario'r bêl allan i'r cae, rhoddodd Rhys hi i Ifan ar gyfer canu'r anthemau, er mwyn i'w ffrind gael rhannu'r fraint.

Dechreuodd y band ganu'r anthem ac ymunodd y dorf i'w chanu. Safai Siani'n ufudd wrth ochr Beca gan edrych yn graff ar y miloedd o wynebau dieithr oedd yn ei hwynebu.

Yna, gwelodd faner goch yn chwifio yng nghornel y cae. Dechreuodd aflonyddu a thynnu ar y ffrwyn.

'Paid, Siani,' meddai Beca. 'Paid â bod yn ddrwg fan hyn! Mae'r byd i gyd yn gallu'n gweld ni!' Ond roedd Siani'n benderfynol. Roedd hi'n gyfarwydd â baneri fel hon. Roedd hi wedi eu gweld adeg gêmau gymkhana gyda'r Clwb Poni. Roedd Beca wedi ei dysgu i redeg draw at y faner a dod â hi'n ôl ati. A chyn i Beca fedru ei rhwystro, llwyddodd Siani i ddod yn rhydd o'i gafael a charlamu draw i gornel y cae.

'O! Na!' llefodd Beca mewn panic! Cyn pen dim, roedd Siani wedi tynnu'r faner o'r ddaear ac roedd hi'n carlamu ar draws y cae gyda'r faner yn chwifio yn ei cheg!

Erbyn hyn roedd y dorf wedi gorffen canu'r anthem, ac roedden nhw wrth eu boddau'n gwylio campau Siani. 'Bydd yn rhaid cael Siani yn rhan o dîm Cymru. Mae hi'n seren!' dywedodd y cyhoeddwr yn hwyliog dros yr uchelseinydd.

Roedd Siani wrth ei bodd yn trotian i lawr ochr y cae a'r dorf yn ei chymeradwyo. Daliai ei phen yn uchel, ac roedd ei mwng sidanaidd yn hofran yn brydferth y tu ôl iddi. Aeth Beca i sefyll yng ngheg y twnnel gan ddal moronen arall yn ei llaw. Galwodd ar y gaseg.

'Siani! Dere 'ma. Edrych beth sy 'da fi i ti,' gwaeddodd. Doedd hi ddim yn siŵr a allai Siani ei chlywed ai pheidio. 'Plîs dere 'ma,' dywedodd yn ddistaw wrthi ei hun. 'Dwi ddim eisiau gorfod rhedeg ar dy ôl di gyda'r holl bobl 'ma'n gwylio!'

Gwelodd Siani Beca a'r foronen oedd

ganddi yn ei llaw, a stopiodd yn stond fel pe bai hi'n ceisio penderfynu beth i'w wneud nesaf. Edrychodd ar y cae glas a'r borfa flasus yr olwg.

'Siani!' galwodd Beca eto. Roedd Siani'n gwybod yn ôl ei llais na fyddai ei meistres yn hapus pe bai hi'n rhedeg ymhellach oddi wrthi. Felly, dyma hi'n cicio'i choesau ôl i'r awyr a gweryru'n llawen cyn carlamu draw at Beca a'r bechgyn. Gafaelodd Beca yn ei ffrwyn a cherddodd y ddwy ffrind o'r stadiwm enfawr gyda'r dorf yn cymeradwyo perfformiad y gaseg fach yn frwd.

'Siani, rwyt ti'n seren a hanner!' meddai Beca wrthi a gweryrodd Siani'n llawen, fel petai hi'n gwybod hynny'n iawn!

Mae holl freuddwydion Beca wedi dod yn
wir – mae hi'n berchen ar ei cheffyl ei
hun! Merlen fach ddireidus ydy Siani'r
Shetland, ac mae hi'n arwain Beca ar sawl
antur a helynt. Mae rhieni Beca'n poeni'n
arw bod Siani'n rhy wyllt i'w merch, ond
yn fuan iawn fe ddôn nhw a phawb arall i
weld pa mor glyfar a dewr ydy Siani'r
Shetland mewn gwirionedd.

Pwy ond Siani allai ennill cystadleuaeth ar
ei chynnig cyntaf? Pwy ond Siani fyddai'n
ddigon dewr i wynebu tarw ffyrnig,
bygythiol. Pwy ond Siani allai sgorio dwy
gôl mewn gêm bêl-droed? Mae campau
Siani'n ddiddiwedd a phan fo Siani a Beca
'da'i gilydd does wybod beth all
ddigwydd!

Mae Beca a Siani'n hynod o brysur. Rhaid paratoi
ar gyfer y Parti Bwci Bo, hyfforddi Siani i dynnu
sled Santa ym mhantomeim yr ysgol ac addurno
het ar gyfer sioe Nadolig y Clwb Poni. Ond druan
â Rhys. Mae e wedi cael ei anafu wrth gwympo
oddi ar gefn Aneurin yr asyn ac mae e wedi cael
llond bol ar glywed pobl yn canmol ei chwaer a'r
hen Shetland 'na o hyd ac o hyd. Bydd rhaid
meddwl am ffordd i newid pethau . . .

A fydd y Nadolig hwn yn un llawen i Beca a
Siani?